LES
ANGOISSES

D'UN MARI SEXAGÉNAIRE

COMÉDIE

EN UN ACTE EN VERS

PAR

F. M. ROBERT DUTERTRE

Auteur des Loisirs lyriques.

———※———

LAVAL

IMP. DE L. MOREAU, RUE DU LIEUTENANT, N° 2.

1866.

LES ANGOISSES

D'UN MARI SEXAGÉNAIRE

COMÉDIE.

LES
ANGOISSES
D'UN MARI SEXAGÉNAIRE

COMÉDIE

EN UN ACTE EN VERS

PAR

F. M. ROBERT DUTERTRE

Auteur des Loisirs lyriques

COLLABORATEUR A DIVERSES PUBLICATIONS PÉRIODIQUES.

———~~~✗~~~———

LAVAL

IMP. DE L. MOREAU, RUE DU LIEUTENANT, N° 2.

1866.

PERSONNAGES

DORFEUIL.

CLARISSE, sa femme.

LE CAPITAINE GASTON, amoureux de Clarisse.

ROSINE, femme de chambre.

GASPARD, valet de Dorfeuil.

JOLIMAIN, soldat, amoureux de Rosine.

La scène est à Paris. Le théâtre représente à gauche la maison de Dorfeuil, avec balcon avancé, sur lequel ouvre une porte-fenêtre ; au premier plan, un jardin planté de massifs et fermé par une grille à claire-voie qui donne sur la rue ; poterne au fond dans le mur de clôture.

LES ANGOISSES

D'UN MARI SEXAGÉNAIRE.

SCÈNE PREMIÈRE.

DORFEUIL, CLARISSE, ROSINE.

CLARISSE, à l'écart.

Au fond de ce jardin, sur ces bancs de verdure,
Je puis du moins rêver aux tourments que j'endure.

ROSINE, s'approchant.

Parlons un peu, madame ; ici l'on meurt d'ennui.

CLARISSE.

Hélas ! ne sais-tu pas que toute joie a fui
Depuis le jour fatal où, la tête égarée,
Me fiant aux serments d'une voix adorée,
Je crus que pour toujours les liens du bonheur
M'attacheraient celui qui fit battre mon cœur ?
En me sacrifiant je me sentais ravie ;
Rosine, tu connais le secret de ma vie.

ROSINE.

Mais pourquoi rappeler ce souvenir cruel ?

CLARISSE.

Que j'étais pure alors ! Aucun désir sensuel
Ne venait altérer la blancheur de mon âme.
Comme je suis déchue ! hélas ! indigne femme,
J'ai dû cacher ma honte aux yeux de mon époux.

ROSINE.

Par ma foi ! sans scrupule, à ce mari jaloux,
Je ferais voir souvent les cornes de la lune.

CLARISSE.

Je voudrais m'étourdir, le passé m'importune...

ROSINE.

Si madame voulait, comme délassement,
Venir voir manœuvrer le premier régiment ;
Il est au carrousel.

CLARISSE.

       Rien ne peut me distraire.

ROSINE.

Quel beau coup d'œil, pourtant, qu'un jeune militaire,
Retroussant sa moustache avec un air vainqueur !
Un officier surtout... ça porte droit au cœur.

CLARISSE.

Pas d'indiscrétion, Rosine, la bavarde.

ROSINE.

Hier monsieur Gaston a dû finir sa garde,
Il est libre aujourd'hui.

CLARISSE.

Mon mari ne sort plus,
La goutte le tourmente...

ROSINE.

Il est bientôt perclus
Et commence à tourner au magot de la Chine.
On ne peut pas vraiment aimer une machine
Qui n'a plus de ressort...

CLARISSE.

Un peu plus de respect,
Rosine, s'il vous plaît !

ROSINE.

Ma foi ! sous quelque aspect
Qu'on regarde un tel homme, on ne voit, sur mon âme,
Rien qui puisse allumer la plus légère flamme.

CLARISSE.

Il fallut, par raison, faire un pareil hymen ;
Mais j'ai gardé mon cœur tout en donnant ma main.

ROSINE.

J'en pourrai faire autant devers la quarantaine ;
Mais, moi, je n'aurai pas un charmant capitaine

Qui me fasse la cour... Il est vrai qu'un sergent
Peut suffire... surtout s'il a l'air engageant.

CLARISSE.

Rosine, tu crois donc que monsieur Gaston m'aime ?

ROSINE.

S'il vous aime, grands dieux ! vous le voyez vous-même.
D'abord il a des yeux qui voudraient vous manger ;
Puis, si votre mari vient à le déranger,
L'aiguillon de la haine est si prompt à le mordre
Que son dépit se lit sur ses traits en désordre.
Ecoutant.
Mais il me semble entendre et tambours et clairons.
Madame, venez voir ; ce sont les bataillons
Qui viennent par ici pour gagner leurs casernes.
Regardant par la grille.
Oh ! le tambour major touche presqu'aux lanternes.
Le bel homme !... Voici venir les voltigeurs...
Comme on voit bien qu'ils sont tous crânes et rageurs !
Ce sont les grenadiers qui ferment la colonne ;
imitant le pas militaire,
Qu'ils sont donc beaux !...Leurs pas en cadence résonne...
Quel est cet officier ? eh ! c'est monsieur Gaston.

CLARISSE, s'approchant vivement.

Où donc ?

ROSINE.
Voyez là bas au second peloton.

CLARISSE.

Il m'a fait un salut en baissant son épée.

ROSINE.

Et ce salut au cœur vous a si bien frappée
Que vous êtes encor d'un rouge cramoisi.

CLARISSE.

Hélas ! Oui, j'en conviens, j'en ai le cœur saisi.

SCÈNE II.

LES MÊMES, DORFEUIL.

DORFEUIL.

Rosine, et vous, madame, à cette claire-voie,
Que regardez-vous donc ?

ROSINE.

Est-ce un mal que l'on voie
Ce beau tableau champêtre ?

DORFEUIL.

Au milieu de Paris,
Vous voyez la campagne !

ROSINE.

Et les vergers fleuris...

DORFEUIL.

Impudente coquine !

ROSINE.

Il passait des marchandes
Qui vendaient pour un sou quatre pommes normandes,
Moi, j'ai voulu les voir.

DORFEUIL.

Au moins te tairas-tu ?

ROSINE.

Je dis la vérité.

DORFEUIL, écoutant.
Imitant la grosse caisse... et le fifre.
Boum ! boum !... turlututu...

ROSINE.

C'est quelque charlatan qui vend de la pommade.

DORFEUIL.

Maintenant, je comprends, on aime la grenade
Et l'on est venu voir passer un régiment.

ROSINE.

Quelle oreille vous tinte ?

DORFEUIL à sa femme,
Avez-vous un amant
Dans chaque bataillon de cette soldatesque ?
Mais répondez-moi donc, épouse romanesque ?

Que vous connaissez mal le feu de mon amour !
Si j'eusse été soldat...

ROSINE.

Ou simplement tambour...

DORFEUIL.

Vous m'eussiez mieux aimé.

CLARISSE.

Toujours pareille scène.

ROSINE, à part.

Moi, je préférerais être au fond de la Seine.

DORFEUIL, à sa femme.

Ecoutez mes leçons, et veuillez vous asseoir
Ici pour un instant, madame ; le devoir
Prescrit et recommande à la femme en ménage
De chérir son mari.

ROSINE, à part.

Comme l'oiseau, sa cage.

DORFEUIL,

A Rosine.

Rosine, laisse-nous.

Rosine sort.

CLARISSE.

Je fais vos volontés.

Ne suis-je pas, monsieur, toujours à vos côtés ?
Je soigne vos vieux jours...

DORFEUIL.

Mon âge ! ma vieillesse !
Sachez que j'ai parfois des retours de jeunesse ;
Je ne suis pas si vieux que je ne puisse encor
cri de douleur.
Prouver... Aïe ?

CLARISSE.

Un accès de goutte ?

DORFEUIL.

Eh ! non, un cor
Me fait mal... voilà tout. — Madame s'imagine
Que je vais trépasser. Mais, mordieu ! ma poitrine
Et mon tempérament sont encor excellents.

CLARISSE.

Je souhaite que Dieu garde vos cheveux blancs,
Et mette vîte un terme à toutes vos souffrances.

DORFEUIL.

Moi ! je ne souffre pas...
avec emphase.
J'ai toutes mes puissances.
Mais il vous faut à vous de jeunes freluquets,
Des blondins pommadés, des hommes en corsets,
Qui ne sont bons à rien qu'à porter des gants jaunes
Et des souliers vernis. Les princes, sur leurs trônes,
Ne sont pas surchargés d'un plus riche attirail
Que ces petits sultans au fond de leur sérail,
Où divulguant tout haut le nom de leurs victimes,

Ils font assaut entre eux de débauches et de crimes...
A tel point que le punch, enflammant leurs cerveaux,
Ils troquent leurs maîtresses ainsi que leurs chevaux.
Voilà les jeunes gens de l'époque où nous sommes !
Ce sont des vers luisants, ce ne sont pas des hommes ;
Ils brillent dans la fange, et ces vaines lueurs
Suffisent cependant à fasciner vos cœurs.
O sexe trop fragile ! O téméraires femmes !
Vous livrez vos vertus, vos attraits et vos âmes
A ces serpents rusés, vrais suppôts du démon.

CLARISSE.

Monsieur va-t-il bientôt achever son sermon.

DORFEUIL.

Voilà le premier point. — Quant au mari modèle,
Vertueux et moral, attentif et fidèle,
Il ne se trouve plus au sein de nos climats,
Que...

CLARILSE, interrompant.

Parmi les vieillards à perruque à frimas.

DORFEUIL.

Que parmi ceux, madame, ayant par leur sagesse
Mérité de jouir d'une verte vieillesse.

CLARISSE.

Il faut en excepter la classe des jaloux ;
Là, ne se trouve pas le type des époux.

Aussi, pour les punir de leur froid égoïsme,
Dieu leur donne la goutte ou quelque rhumatisme.

DORFEUIL.

Et quand les femmes ont une tête à l'évent,
Il conseille aux maris de les mettre au couvent

CLARISSE.

Affreux tyran sans cœur !

DORFEUIL.

Epouse sans entrailles,
Qui voudrait qu'aujourd'hui l'on fît mes funérailles !

CLARISSE.

Permettez que je brise à de tels entretiens.
Elle sort.

DORFEUIL.

Madame, allez au diable ! Est-ce moi qui vous tiens ?
A sa femme qui s'éloigne.
Je défends, toutefois, que sans mon ordre on sorte
De son appartement. .
Seul.
Il faudra qu'à sa porte
On place un bon verrou... Je devrais bien aussi,
Pour que je puisse enfin m'endormir sans souci,
Ne point laisser là haut les fenêtres sans grilles ;
Car, la nuit, les amants sont comme les anguilles,
Ils se glissent partout... Sans cesse les journaux

Sont pleins sur ce sujet de récits infernaux.
A quoi donc sert, hélas ! la garde citoyenne ?
Tout séducteur nocturne est digne de Cayenne.

Il s'asseoit sur un banc de gazon.

Je suis faible... Le sommeil... me gagne malgré moi.

Il s'endort.

SCÈNE III.

DORFEUIL, ROSINE, GASTON.

GASTON.

*Il apparaît à la claire-voie et Rosine va lui ouvrir, en marchant
sur la pointe du pied.*

A Rosine, en lui remettant un billet.
Voilà pour ta maîtresse....

Il l'embrasse.
Et puis voici pour toi.
Il s'esquive.

DORFEUIL, se réveillant au bruit du baiser.
Qu'ai-je donc entendu ! Rosine, qui t'embrasse ?

ROSINE.
Monsieur a-t-il rêvé ?

DORFEUIL.
Réponds où je te chasse;
Que viens-tu faire ici ?

ROSINE.

Mais, je viens du salon
Pour savoir si monsieur a besoin d'un bouillon,
Comme à son ordinaire...

DORFEUIL.

Odieuse vipère,
Va-t-en ! Dis à Gaspard qu'il vienne ici.

ROSINE.

J'espère
Que le sommeil pourra vous changer votre humeur.

Elle sort.

SCÈNE IV.

DORFEUIL, GASPARD.

DORFEUIL, seul.

J'ai besoin de repos ; sans cesse la douleur
Et des pensers troublés d'alarmes éternelles
Veillent à mes côtés comme des sentinelles,
Et remplissent mes nuits d'affreuses visions.
Il me semble que l'air est peuplé de démons
Qui viennent tout exprès des horizons sans bornes
Me faire la grimace en me montrant leurs cornes.
A Gaspard qui entre.
Durant le court instant que je vais sommeiller,

Rappelle-toi, Gaspard, que tu dois surveiller
Autour de la maison. Ne laisse entrer personne...

GASPARD.

Que répondrai-je alors, monsieur, si quelqu'un sonne ?

DORFEUIL.

Tu n'iras pas ouvrir, cela vaut beaucoup mieux.
Voilà comme on répond à tous les curieux
Qui ne viennent vous voir que dans le but indigne
De trahir l'amitié.

GASPARD.

Je suivrai la consigne
Comme Roustan suivait celle de l'empereur.

DORFEUIL.

Gaspard est, je le sais, un brave serviteur ;
Aussi je le préviens qu'il répond sur sa nuque
De l'honneur de son maître...

GASPARD.

A part.

Ainsi, comme un eunuque,
Je garde le sérail... Le poste est délicat !

DORFEUIL.

Jeune ou vieux, laid ou beau, bourgeois, prêtre ou soldat,
Qu'aucun homme ne touche au seuil de ma demeure.

GASPARD.

Personne n'entrera, monsieur, ou que je meure !
Je saurai refroidir les feux les plus brûlants .
Dormez en paix, je suis la terreur des galants.

DORFEUIL.

Eloigne également l'espèce féminine ;
Crains les déguisements.... on se trompe à la mine.

GASPARD.

Oui, l'on a vu la ruse habillée en jupons ;
Mais j'ai le coup-d'œil fin...

DORFEUIL, prêt à sortir et revenant.

Crains aussi les pigeons,
Ces muets messagers qui portent sous leurs ailes
Des dépêches d'amour aux femmes infidèles.

GASPARD.

Je sais que ces oiseaux, malgré leur air si doux,
Font le vilain métier de tromper les époux ;
Mais qu'un tel messager de votre toit s'approche
Et bientôt le gibier va tourner à la broche.

DORFEUIL.

Ainsi, je peux dormir ?...
Il sort.

GASPARD.

Dormez, monsieur, bonsoir.
seul.
Dans quelque cabaret je vais aller m'asseoir.

Mon maître craint qu'on mette une jaune cocarde
A son bonnet de nuit. Ma foi ! que Dieu le garde !
Il va pour sortir.

SCÈNE V.

GASTON, GASPARD.

GASTON, à Gaspard prêt à sortir.
Gaspard, écoute-moi ; ton maître est vieux et laid...

GASPARD.
Il n'est pas beau, c'est vrai ; mais je suis son valet,
Il est de mon devoir de blâmer vos paroles.

GASTON.
Il est de ton devoir de gagner vingt pistoles.

GASPARD.
Alors, c'est différent ! Mon maître est vieux et laid,
C'est un point convenu...

GASTON.
Mais sa femme me plaît,
Je la trouve adorable, et celui dont l'adresse
M'introduirait un soir chez cette enchanteresse,
Ne perdrait pas son temps avec moi... Comprends-tu ?

GASPARD.
Ma maîtresse, monsieur, est un puits de vertu !

GASTON.

Tout puits peut se tarir...

GASPARD.

     Moi, je mourrais de honte
De faire un tel métier !

GASTON.

     Prends toujours cet à-compte
Sur tes gages secrets.

    Il lui donne une bourse.

GASPARD.

    C'est différent, alors ;
Il me semble qu'ainsi j'aurai moins de remords.
Ayant un second maître, en serviteur fidèle,
Autant qu'à l'autre, au moins, je lui devrai mon zèle.

GASTON.

Tu comprends...

GASPARD.

    Il s'agit de trouver un moyen
D'introduire le Grec dans le camp du Troyen.

GASTON.

Gaspard est érudit, il connaît son histoire...

GASPARD.

De tous les mauvais tours j'ai gardé la mémoire.
Je me souviens d'Ulysse et du cheval de bois,
Qui mit le vieux Priam et sa cour aux abois ;

Je sais comment on prend une place ennemie ;
Je suis presque un savant !... Dans une académie
Mon père était portier ; or il se pourrait bien
Que je fusse le fils d'un académicien.

GASTON.

Eh bien ! maître bavard, homme d'expérience,
Mets donc à me servir un peu de ta science.

GASPARD.

Madame consent-elle ?

GASTON.

        Eh ! sans doute, maraud ;
Elle m'attend ce soir.

GASPARD, montrant le balcon.

        Il faut grimper là haut,
Voilà votre embarras.

GASTON.

        Ventrebleu ! l'escalade
N'est rien pour un soldat ; mais quoiqu'il soit malade
Et goutteux jusqu'au fond de la moelle des os,
Ce hibou de mari surveille sans repos
Cette pauvre colombe...

GASPARD.

        Il pourrait vous surprendre
Et troubler le bonheur d'un rendez-vous si tendre.

GASTON.

Si tu veux plaisanter, prends bien garde à ta peau !

GASPARD.

Je ne plaisante pas, et sous votre drapeau
Je viens de m'enrôler tête et cœur, corps et âme ;
Et la preuve c'est que, pour servir votre flamme,
Je viens d'imaginer un charmant petit tour.

GASTON.

Voyons, explique-toi, car je suis fou d'amour !
Je veux, si je triomphe, assurer ta fortune.

GASPARD.

Vingt autres comme vous, amants du clair de lune,
M'ont dit pareil propos ; mais enfin je vous aime
Et je suis tout à vous.

GASTON.

    Voyons ton stratagème.

GASPARD.

Trouvez-vous à minuit, ici, sous ce balcon,
Et j'affirme que grâce à mon esprit fécond,
Monsieur le capitaine, au bras de sa maîtresse,
Pourra s'abandonner à la plus douce ivresse...
Et comme les chemins de l'air ne sont pas sûrs,
Je veux vous éviter d'escalader les murs.

Entrez par là, voici la clef de la poterne.
Vous savez... un amant n'a jamais de lanterne !..

GASTON, s'impatientant.

Mais explique-toi donc, maroufle, garnement !

GASPARD.

Je vais de mon projet préparer l'instrument ;
Eloignez-vous un peu, respect à la consigne.

GASTON.

Oui, si j'y consens ; mais si par quelque ruse indigne,
Tu prétends me tromper, je le jure, pendard,
Je vais casser les reins à l'honnête Gaspard.

Ils sortent.
La grille reste ouverte.

SCÈNE VI.

JOLIMAIN. ROSINE.

JOLIMAIN, en petite tenue.
Chantonnant:

Un grenadier, c'est une rose
Qui brille de riche couleur ;
Il n'est point de péril qu'il n'ose
Affronter seul par sa valeur.

Parlé.

Porte ouverte, à Paris, quel que soit le quartier,
Cela veut dire : entrez sans parler au portier.

J'entre donc sans façon, puisque je me promène...
Est-ce un jardin public ? Tant mieux, c'est mon domaine.
Libre de tout service, à tout minois fripon
Je veux faire la chasse et jeter mon harpon.
Dans les camps nous avons la gloire pour maîtresse,
Et bien qu'elle aussi soit parfois un peu traîtresse,
L'âme n'a pas besoin d'autres émotions ;
Mais, en paix, il nous faut les palpitations
Du cœur contre le cœur.

Apercevant Rosine.

Oh ! la belle personne !

ROSINE, l'ayant aperçu dans le jardin et venant au-devant de lui.

En entrant quelque part, l'usage veut qu'on sonne.

JOLIMAIN.

Par aventure, ici, tout à l'heure j'entrais ;
Mais depuis que j'ai pu contempler vos attraits,
Je bénis le destin. Telle dans l'atmosphère
La foudre toute en feu suit le paratonnerre,
Tel en moi j'ai senti l'orage de mon cœur
Tourbillonner autour de ce charme vainqueur,
De cette grâce simple, ingénue et pudique,
Insensible courant, douce effluve électrique
Qui fait de tout votre être un si puissant aimant
Que tout homme voudrait devenir votre amant...
Votre époux, veux-je dire...

ROSINE.

Effronté militaire,
Vos propos sont légers et je devrais me taire,
Ne pas répondre aux feux d'un amour hasardé,
Car il ne paraît pas que vous soyez gradé ;
Et sans vouloir prétendre au rang de Générale,
Je puis, sans me hausser, me croire au moins l'égale
De quelque fantassin portant des galons d'or.

JOLIMAIN.

Moi, je ne puis prétendre être un tambour major...
Conduit par le hasard jusqu'à cette avenue
Je me trouve surpris en petite tenue,
Et je n'ai pu dès lors apparaître à vos yeux,
Vêtu de toute pièce, en héros belliqueux,
Paré du ceinturon et de tous mes insignes,
Qui de vos frais rubans ne seraient pas indignes.
Le grenadier français, l'orgueil du régiment,
En est tout à la fois la force et l'ornement.
Le front ceint du schako, portant rouge épaulette,
Je puis marcher de pair avec votre toilette ;
Et, si je puis parler de mon instruction,
J'étais déjà très-fort en déclamation,
Alors qu'un mauvais sort et des vicissitudes
Ont arrêté soudain le cours de mes études.

ROSINE.

Que j'aimerais à voir ce costume brillant

Qui sied toujours si bien à tout guerrier vaillant !

JOLIMAIN.

La main à hauteur de l'œil.

Oui, grenadier sans peur, avec habit sans tache,
Jamais aucun pékin n'a touché ma moustache.

ROSINE.

Et vous vous appelez...

JOLIMAIN.

    Jolimain est mon nom,
Mais on dit Jolicœur dans tout le bataillon ;
Car autant qu'un hussard avec sa fanfreluche,
Je sais plaire au beau sexe.

ROSINE,
A part.

    Il en est la coqueluche.

Haut.

Et vous avez un sabre à vous pendre au côté ?

JOLIMAIN.

Un vrai sabre d'acier qui, vaillamment porté,
Vous coupe un homme en deux comme avec une hache,
Et fend comme un navet la meilleure rondache.

ROSINE.

Et vous ne portez pas de hache de sapeur ?

JOLIMAIN.

Non... Le sabre avant tout pour semer la terreur...

ROSINE.

A part.

Son courage s'allume, et son œil étincelle ;
Mais je veux résister comme une citadelle.

JOLIMAIN.

A part.

Eh ! Quoi donc ! Sa vertu serait-elle un rempart
Inaccessible ?... Allons ! Essayons sans retard,
En vrai troupier français, d'escalader la place.

Il s'avance pour lui prendre la taille.

ROSINE.

Arrière ! Ou d'un soufflet je calme votre audace...

Avec une dignité comique.

Offenser une femme est un lâche attentat,
Cent fois plus odieux qu'aucun crime d'Etat.
Soldat, vous agissez comme un pacha d'Asie
Qui jette le mouchoir suivant sa fantaisie ;
Soyez donc désormais moins prompt à l'oublier,
Sachez que la vertu sous l'humble tablier
A pu trouver souvent le plus sûr des asiles.

JOLIMAIN.

Je n'ai jamais voulu forcer de domiciles...
Mon transport est un jet d'ardente passion ;
Un volcan répond-il de son éruption ?
Pardonnez-moi...

ROSINE.

Jamais !

JOLIMAIN.

Puisque je le regrette...

ROSINE.

Guerrier fallacieux !

JOLIMAIN.

A part.

De prendre la retraite ;

Haut.

Il est prudent, je crois... Comment quitter ces lieux
Sans entendre un pardon en vous disant adieux ?
Faut-il donc m'éloigner avec la mort dans l'âme ?

ROSINE.

Puis, on se moque après du pardon qu'on réclame.

A part.

Il parle de partir, je crains moins d'avancer.

JOLIMAIN.

A part.

J'ai bien envie encor d'aller recommencer.

ROSINE.

Vrai, vous repentez-vous ?

JOLIMAIN.

Oh ! Si j'étais Hercule !

ROSINE.

Eh bien !

JOLIMAIN.

Pour un soldat c'est chose ridicule,
J'imiterais ce Dieu dans son aveugle amour...

ROSINE.

A part.

Va-t-il donc me chanter un air de troubadour !

JOLIMAIN.

De la gloire oubliant la marche triomphale,

Il se met à genoux.

A genoux, je voudrais filer au pieds d'Omphale.

ROSINE.

Allons ! Je vous pardonne.

JOLIMAIN.

Il veut l'embrasser.

Et la preuve...

ROSINE.

Vous osez !

JOLIMAIN.

Faisons traité de paix sous le sceau des baisers.

Il l'embrasse.

ROSINE.

Encor !

JOLIMAIN.

Oh ! je mérite indulgence plénière,

Et je voudrais pouvoir, comme faveur dernière,

Vous faire à mon loisir les développements

Qu'il convient de donner à mes doux sentiments.

ROSINE.

Votre amour est sincère ?

JOLIMAIN.

En voulezvous un signe ?
Je suis prêt cette nuit à forcer la consigne
Pour venir ici même, au pied de ce massif,
Vous en apporter un témoignage expressif.
Oh ! vous y consentez !.. Minuit, l'heure est charmante...

ROSINE.

Non... Mais si par hasard vous voyez une mante
Se promener par là, sous ces arbres touffus,
Ce sera moi sans doute...

JOLIMAIN.

Un désordre confus
S'élève à cet espoir dans mon âme tremblante.
Oh ! que l'heure à venir va me paraître lente !

ROSINE.

Je cède malgré moi.

JOLIMAIN.

A part.

C'est un refrain banal.

Haut.

Oui, je ferai sauter cette nuit l'arsenal,
S'il le faut, pour venir en cet éden terrestre
Où je voudrais passer un congé de semestre.

ROSINE.

Et par où viendrez-vous ?

JOLIMAIN.

Par les murs ou les toits !
N'importe le chemin, pour des amants adroits.
A bientôt, ma charmante.

Il sort.

ROSINE, seule.

Hélas ! quelle escapade !
Mais qu'un soldat est beau dans les jours de parade !
Rien n'est plus séduisant. Et puis, à voir les grands,
Nous qui pour les servir sommes aux derniers rangs,
Nous n'avons qu'un désir, c'est de suivre leur trace...
Maîtresse et servante ont le cœur de même race.

Elle sort ; mais avant

elle referme la grille.
La nuit est venue.

SCÈNE VII.

GASPARD.

Il apporte un mannequin en

osier et un habillement complet.
Voici la nuit... L'instant de l'affût et du piége....
L'heure que l'on choisit pour les travaux de siége.
Je suis en quelque sorte un combattant civil
Et non plus un valet, cet être sot et vil,
Qui n'est, disent les gens, qu'un assemblage infâme
De vices, de défauts, et qui, sans cœur, sans âme,
Porte ses sentiments au fond de son gosier.

Ma machine de guerre est ce brave... en osier,
Qui, pour qu'on puisse ouvrir une brèche plus large,
Doit sans se ménager soutenir seul la charge.
Il paraît qu'en un siége, au dire des anciens,
Un général français fit tirer les prussiens
(Qui témoignèrent là d'un suprême courage
Ou plutôt d'un délire et d'une folle rage)
Pendant toute une nuit contre des échalas.
Au jour les artilleurs, désappointés et las,
S'aperçurent enfin, honteux de leurs méprises
Qu'ils n'avaient canonné que des capotes grises
Qui se trouvaient debout sur deux bâtons en croix ;
Et pendant qu'on tirait sur ces soldats de bois,
De vrais troupiers, ayant dissimulé leur trace,
Par un autre côté se logeaient dans la place.
Peut-être avais-je en moi, sans le destin fatal,
L'étoffe d'un futur illustre général ;
Car avec passion la ruse est ce que j'aime,
Et je suis un génie en fait de stratagème.

Ce mannequin qui doit être un faux séducteur,
Comment le costumer ? Le dire est peu flatteur,
Mais, dans le genre humain, nulle catégorie,
Ou corporation de morale nourrie,
Ne peut être posée en exemple à citer,
Et la palme du mal se pourrait disputer
Par tout corps ou métier : bourgeois, savant, artiste,

Noble, ouvrier, soldat, chrétien, juif, calviniste,
Il n'en est pas un seul, de Quimper jusqu'au Rhin,
Qui ne soupire après la femme du prochain.

Habillant le mannequin.

Voyons, d'un habit noir passons-lui cette manche,
Puis l'autre... Ornons son cou d'une cravate blanche ;
Car il faut qu'il ait l'air d'un homme de bon ton,
D'un aspect distingué... comme monsieur Gaston.
Oh ! ce serait manquer à ma noble maîtresse
Ainsi qu'à son mari, que la chose intéresse,
De figurer ici, même par fiction,
Un amant mal vêtu, de basse extraction,
Osant, malgré le rang, la fortune inégale,
Déshonorer ainsi la couche conjugale.
Allons ! enfin, voici mon chef-d'œuvre achevé!
Il est vraiment parfait. Eh ! qui donc a rêvé
Cavalier mieux tourné ! Comme en lui tout s'accorde!
Très-bien! Courons chercher mon échelle de corde.

Il cache le mannequin derrière un massif d'arbres,
et sort.

SCÈNE VIII.

CLARISSE, ROSINE, JOLIMAIN.

CLARISSE seule, enveloppée de son manteau.

Le doux sommeil me fuit, car j'ai la tête en feu ;
Peut-être que l'air pur va me calmer un peu.

Comme la nuit est belle, et prête aux pensers graves !
A cette heure, les fleurs aux calices suaves
Apaisent mieux nos sens par leurs douces senteurs.
Oh ! C'est pour échapper aux désirs tentateurs
Que je viens, cette nuit, sous la voûte étoilée,
Chercher dans l'infini la puissance voilée
Qui gouverne le monde, assise dans les cieux,
Et fait descendre l'ombre à nos fronts soucieux,
Pour que ,dans nos malheurs, l'œil fatigué de voir,
Puisse au moins se fermer couvert d'un crêpe noir.
Et pourtant, ô tourments ! ô funeste partage
Qui forme en nos foyers le plus sûr héritage,
Lugubres jours suivis de tristes lendemains,
A toute heure il nous faut comprimer des deux mains
Notre âme qui s'élance, ardente à les poursuivre,
Vers ces plaisirs mortels qui nous font las de vivre !
Reste, reste en mon cœur, chaste et doux repentir,
Assez fort pour jamais ne plus le démentir !
Un souffle inspirateur se mêle à mon haleine ;
Oh ! Coulez de mes yeux, larmes de Madeleine,
Pour mieux me rendre aveugle à ces tentations
Qui parfois ont sur nous tant de séductions !..

ROSINE, couverte d'une mante ;
sans apercevoir sa maîtresse.

Au premier rendez-vous nocturne que l'on donne,
Comme le cœur vous bat ! Et l'oreille bourdonne ;

Il semble qu'on entend un glas de trépassé.
L'âme brûle et pourtant on a le sang glacé.

Cri d'étonnement en apercevant Clarisse,
elle balbutie.

Madame.. je venais... de vous toute inquiète...
Monsieur, vous le savez, incessamment vous guette ;...
Je venais au jardin afin de vous chercher.

CLARISSE.

Va, Rosine, à l'instant préparer mon coucher,
Je te suis.

ROSINE.

A part et d'un air désappointé, en s'en allant.

   Et voilà comment deux amoureuses
Ensemble au même toit ne peuvent être heureuses !

CLARISSE, seule.

Oui, je veux désormais me faire un cœur d'acier.
Oh ! je le supplîrai, l'élégant officier,
Qui partout me poursuit, le soir aux promenades,
Et me comble d'amour, de bouquets et d'œillades,
Oui, je le supplîrai ce charmant cavalier,
De me fuir pour m'aider moi-même à l'oublier.

JOLIMAIN, qui a escaladé la grille, aperçoit
Clarisse enveloppée de son manteau et la prend pour Rosine.

L'amour est bien le dieu qui le plus tard se couche...
Voici mon amoureuse... une sainte-n'y-touche !

Il s'approche et prend Clarisse dans ses bras.

O terrestre idéal que mon rêve poursuit,
Fleur de mon paradis, ô ma belle de nuit !

CLARISSE.

Elle jette un cri de surprise et s'enfuit. Son manteau reste dans les
mains du soldat.

Ah !..

JOLIMAIN.

Il regarde le manteau.

Quoi ?... Que signifie ?... Un vrai manteau de dame !
Serait-ce un guet-apens? Une secrète trame
Pour se moquer de moi ?.. J'en aurai le cœur net.
Entrons dans ce fourré d'où je ferai le guet.

Il se cache dans un massif.

SCÈNE IX.

DORFEUIL, GASPARD, JOLIMAIN, caché.

DORFEUIL en robe de chambre et coiffé
d'un bonnet de coton, et tenant une lanterne à la main.
Seul.

J'ai des pressentiments... Je veux faire ma ronde
Moi-même en ce jardin. Il est bon que je sonde
Tous ces épais massifs, car l'amour est rusé.
De combien de maris n'a-t-il pas abusé ?
Il s'embarrasse peu des meilleures clôtures,
Et l'on dirait qu'il passe au travers des serrures.
La terre, l'air ou l'eau, n'importe l'élément,

Tout chemin semble bon aux projets d'un amant.
Hélas ! quel sort cruel pour un sexagénaire
Que de voir se dresser l'hydre de l'adultère,
Sans cesse menaçant les abords de son lit !
Je sens que ma main tremble et que mon front pâlit
Rien qu'à cette pensée... Oh ! que la nuit est sombre !
    Il écoute.
Quel bruit!. C'est un oiseau ! Mais quelle est donc cette ombre
Qui passait tout à l'heure et qui se promenait ?
    Il regarde son ombre.
Eh ! pardieu ! c'est moi-même... Oui, voilà mo n bonnet.
Déjà je commençais à sentir des angoisses...

       GASPARD, qui est survenu pendant ce monologue,
apportant son échelle de corde qu'il cache auprès du mannequin.
   A part.
Il paraît que monsieur joue aux ombres chinoises !

         DORFEUIL.
  Il avance.
Continuons...
     Il aperçoit son valet.
  Qui vive ?

        GASPARD, feignant la surprise.
   Aux armes !

       DORFEUIL.
               C'est Gaspard !
Que fais-tu ?
       GASPARD.
  Par votre ordre ici, je suis de quart.
                3.

DORFEUIL.

Eh bien ! N'as-tu rien vu ?

GASPARD.

Pas l'ombre d'un insecte.

DORFEUIL.

Ainsi mon chef est sauf.

GASPARD,

Et chacun le respecte.

DORFEUIL.

Au moins, j'en suis certain, et je vais mieux dormir;
Viens me déshabiller.

Ils rentrent dans la maison.

SCÈNE X.

JOLIMAIN, ROSINE, GASTON, GASPARD, DORFEUIL,
CLARISSE.

JOLIMAIN, sortant du massif.

On ne peut sans gémir
Voir ce pauvre mari pris de frayeurs pareilles.
Je lui souhaite donc que sur ses deux oreilles,
Chaudes sous son bonnet, il goûte le repos.
Mais, voyons, approchons, maintenant tout est clos.

Peut-être bien qu'enfin, dans ce jardin-d'Armide,
En manière d'appel, ma colombe timide
Va jeter aux échos son doux roucoulement.
Que n'ai-je sous mes doigts moi-même l'instrument
Si cher aux Espagnols... l'amoureuse guitare,
Pour y pincer un air ou mauresque ou tartare,
Mélancolique et tendre, et touchant à ravir,
Tel que l'on en entend près du Guadalquivir !
Oh ! je ferais monter, dans une sérénade,
Les soupirs de mon cœur jusqu'à la balustrade,
Précipités et vifs comme des boleros.

ROSINE, Ouvrant sa fenêtre.

Chut !.. C'est moi !.. Mais parlez plus bas, jeune héros.

JOLIMAIN.

Vous !.. Comment résister à l'ardeur qui m'entraîne !
Oui, j'y suis résolu, je vais, ô ma sirène,
Grimper jusqu'aux crénaux de vos divins appas,
Si vous ne consentez à sauter dans mes bras.

ROSINE.

J'aimerais mieux pourtant vous parler à distance.

JOLIMAIN.

Vous avez, sur l'honneur, fait belle résistance ;
Il faut capituler ou je tente l'assaut.
Je ne puis être en bas quand vous êtes en haut.

ROSINE, levant les yeux au ciel !

Les astres sont témoins que je cède à la force.

JOLIMAIN.

C'est moi qui suis la poudre et vous êtes l'amorce.

Il essaie d'escalader le mur.

ROSINE.

Silence !.. Quelqu'un vient.

Elle ferme vivement sa fenêtre.

Gaston apparaît à la poterne.

JOLIMAIN.

Mais, par les dieux tonnants !
Ils sortent donc de terre ici les revenants !
En effet, j'aperçois là bas un manteau sombre
Qui marche à pas de loup et se glisse dans l'ombre.
Afin de voir comment tout cela va finir,
Embusquons-nous encor...

Il se cache.

GASTON.

Gaspard va-t-il venir
M'aider dans mes projets ; il est temps, voici l'heure.
Me voilà donc enfin au pied de sa demeure !
Quelle est cette lueur que je viens d'entrevoir ?..
Elle veille et m'attend ; mon cœur brûle d'espoir...
C'est qu'aussi cette femme a de si divins charmes
Qu'on quitterait pour elle et la gloire et les armes !..

Et songer que ces traits qui respirent l'amour ,
Que ces deux bras si blancs, d'un si charmant contour,
Que cette gorge émue où le désir palpite,
Que ces secrets appas où le plaisir habite,
Sont la possession d'un rustre de mari,
Cacochyme et caduc, toujours endolori,
Traînant languissamment son pied dans sa pantoufle,
Astmatique et quinteux, vieux chat-huant sans souffle,
Geolier plutôt qu'époux, mais cachant son trésor
Comme les banquiers juifs enfouissent leur or !

JOLIMAIN

A part.

Capitaine Gaston ! Manteau couleur muraille !
C'est lui, car c'est sa voix, sa figure et sa taille...
Et moi qui suis soldat au même régiment !
Diable ! Aurions-nous tous deux le même sentiment !

Il se cache de nouveau.

GASPARD, appliquant son échelle de corde
au balcon.

Venez, monsieur Gaston, montez à l'escalade ;
Le vieux mari jaloux dort comme une pintade.
Je me charge de tout ; s'il part un coup de feu,
N'allez pas pour cela déranger votre jeu.

Gaspard place sur le balcon le mannequin qu'il a confectionné. —
Gaston monte ensuite par l'échelle de corde, frappe à la porte-
fenêtre de Clarisse, mais celle-ci hésite à ouvrir.

3*

DORFEUIL; il a entendu du bruit et il apparaît tout à coup à la fenêtre de sa chambre située au rez-de-chaussée.

Il regarde.   Il aperçoit l'échelle.

Qui donc a fait ce bruit?.. O ciel ! Miséricorde !
Est-ce bien vrai ? Que vois-je ! Une échelle de corde !

Il aperçoit le mannequin derrière lequel Gaston s'est blotti.

Quelqu'un sur le balcon?.. Infâme séducteur !

Il sort dans un grotesque accoutrement, tenant une épée d'une main et un pistolet de l'autre. Il fait feu sur le mannequin qui tombe au pied de l'échelle.

Hors de lui.

Au secours ! A la garde ! Au pillage ! Au voleur !
Des armes !.. Des flambeaux !.. Vite ici tout le monde !

Gaspard s'est aussi emparé d'une épée et frappe sur le mannequin.

Race des amoureux que le ciel te confonde !

A Gaspard.

Bon, frappe... Point de grâce !.. Achève-le, Gaspard !

GASPARD, qui cloue le mannequin contre la muraille d'un grand coup d'épée.

Calmez-vous, le voilà percé de part en part.

JOLIMAIN, à l'écart et s'esquivant.

Oh ! Mon Dieu ! Quel vacarme et quelle arquebusade !
Lorsque l'on est tombé dans pareille embuscade,
Sans se déshonorer on peut bien lâcher pied.
Détalons ! Détalons ! Sortons de ce guêpier !

DORFEUIL.

Quel destin ! Quelle vie !.. Un siége, je suffoque !..

On lui apporte un siége.

Quelle immoralité ! Quelle perverse époque !
Qu'est-ce donc que l'honneur ?.. Un seul instant de plus,
Et mes regrets seraient à présent superflus !..
Ma femme aussi se plaît à traîner après elle
Un troupeau de galants lui chantant qu'elle est belle,
Pour amorcer ainsi sa jeune vanité.
Elle court tous les bals par raison de santé ;
Car ses nerfs ont besoin de ce fol exercice,
De même que sa tête a besoin de caprice.
Je me damne à lui voir ces petits airs coquets
Qui tournent la cervelle à nos jeunes muguets.
Mais j'y pense !.. En dépit de la foi conjugale,
Peut-être attendait-elle, à cette heure fatale,
Celui dont j'ai puni le perfide dessein.
Si je l'interrogeais !.. Pour voir si dans son sein
Elle ne cachait point de coupable pensée.
Oui, le soupçon pénètre en mon âme offensée,
Et je veux sur ce point éclairer ma raison.

ROSINE.

Madame vient d'avoir comme une pamoison,
C'est sans doute d'effroi.

DORFEUIL.

Peut-être est-ce une trame ?

Rosine, viens m'aider à monter chez ma femme.

> Il disparaît à l'intérieur de la maison, appuyé sur le bras de Rosine. Gaston, qui s'était toujours tenu caché sur le balcon, descend par l'échelle de corde. Clarisse ouvre sa fenêtre et le regarde s'en aller. Son mari paraît à côté d'elle et regarde aussi.

> A sa femme.

Oh! Que guettez-vous donc? On marche... Qui va là?

GASPARD, se montrant.

C'est moi-même, monsieur, je suis seul, me voilà!

DORFEUIL.

Pourquoi le long des murs rôder comme un reptile?

GASPARD, ironiquement et regardant
Gaston qui disparaît dans le jardin.

Ma foi, je regardais une étoile qui file!
Et puis j'attends votre ordre à l'égard de ce mort.
Faut-il vous l'empailler?

CLARISSE.

Un mort!

DORFEUIL.

Plaignez moins fort
Ce scélérat, madame, ou craignez ma colère!

> A Gaspard.

Gaspard, va le jeter au fond de la rivière.

Puissent-ils tous ainsi recevoir leur leçon !

CLARISSE.

Monsieur, je suis souffrante.

DORFEUIL.

Et moi, j'ai le frisson.

CLARISSE.

Vous ne remarquez pas comme il fait de la brume.
Rentrons.

DORFEUIL.

Madame craint que sa vertu n'enrhume.

Ils rentrent.

Gaspard emporte le mannequin et regarde Gaston qui se di-
rigeait vers la poterne.

GASTON.

Où court maître Gaspard et quel est ce fardeau ?

GASPARD.

Ce cadavre, c'est vous, et je vous porte à l'eau
Par ordre de mon maître.

GASTON.

Ah ! c'est en effigie
Que l'on me noie !.. Eh bien ! Dans quelque tabagie
Va boire à ma santé pour payer ce bon tour.

Il lui donne de l'argent.

Tiens...

GASPARD.

Merci, monseigneur.

GASTON, A part.

                    Vrai valet de l'amour,
Il se vendrait lui-même pour prix d'une bouteille !
Mais son invention a, ma foi, fait merveille ;
Et sans ce mannequin, mon sosie empaillé,
Mon vrai corps eût été peut-être mitraillé.

FIN.